Loi n° 49.956 du 16 juillet 1949 sur les publications destinées à la jeunesse : septembre 2007
Dépôt légal : avril 2012
Imprimé en France par Pollina, L60414

ISBN 978-2-211-20853-6

Yvan Pommaux

THÉSÉE

Comment naissent les légendes

l'école des loisirs
11, rue de Sèvres, Paris 6e

En 1966, des spécialistes d'archéologie marine découvraient, entre les côtes grecques et crétoises, l'épave d'une trière, vaisseau de guerre du Ve siècle avant Jésus-Christ.
Des plongeurs furent chargés de l'explorer.

Ils recueillirent soigneusement les morceaux de céramique…

éparpillés autour de l'épave…

pour que les archéologues puissent les étudier.

Alors, content, professeur ?
Très intéressant ! Merveilleux !

Je savais que je trouverais là l'épave d'une trière, mais je ne m'attendais pas à ce qu'elle nous livre tant de trésors.

Une fois restauré, ce vase sera magnifique. Il représente la lutte de Thésée et du Minotaure. Connaissez-vous l'histoire de ce roi d'Athènes ?...
Heu... Non !
Non !

... Une fabuleuse histoire d'amour, de peur et de fureur, qui croise celles du Minotaure, du Labyrinthe, du fil d'Ariane, de la rivalité entre les rois Égée et Minos ... Trahisons, mensonges, colères, passions se déchaînent sous le regard amusé des dieux, qui interviennent quand bon leur semble dans la vie des hommes et changent le cours de leurs destins.
En ce temps-là...

En ce temps-là, les dieux et les déesses habitaient un lieu enchanteur au-dessus des nuages : l'Olympe. De là-haut, ces immortels regardaient vivre les hommes, et s'éprenaient parfois d'une belle fille ou d'un beau garçon.

Ils descendaient alors sur Terre et employaient toutes sortes de stratagèmes pour séduire celui ou celle qu'ils désiraient.

Comment Poséidon, le dieu des Mers et des tempêtes, aima-t-il Aïthra qui se baignait dans l'eau d'une petite crique ?

On ne sait, mais il l'aima.

Elle était la fille du gouverneur de Trézène, ville sous la dépendance de la capitale Athènes, où régnait un grand roi : Égée.

Or Égée, en visite dans cette province, aperçut la belle Aïthra au sortir du bain, encore tout étourdie par les vagues de ses amours marines. Il la rejoignit, la réconforta, et finalement l'aima, lui aussi.

Égée était un homme charmant, mais avant tout un roi soucieux des affaires de son royaume.

Aussi fit-il bien vite ses adieux à la belle Aïthra. Mais il plaça son épée sous un gros rocher et dit solennellement à la jeune femme :

– Si un fils naît de notre union, et s'il parvient un jour à soulever ce rocher, qu'il vienne à moi avec cette épée, je le reconnaîtrai.

Neuf mois plus tard, un garçon naquit.

Aïthra ne savait pas qui, d'Égée ou de Poséidon, en était le père.

Elle décida que son bébé déjà si fort, si beau, serait fils d'un dieu et fils de roi.

Elle l'appela Thésée.

Thésée grandit à Trézène, auprès de sa mère Aïthra.

Elle le couvait des yeux, non sans tristesse…

Elle n'avait jamais revu Égée.

Égée, de son côté, devenait un roi morose, une triste figure à barbe noire. Il se rongeait les sangs à cause de Minos, le plus puissant et le plus menaçant des seigneurs alentour, qui avait trois enfants, dont un fils très prometteur.

Lui-même, Égée, avait oublié la jolie provinciale aimée à Trézène, et ne savait pas qu'il était père.

Minos régnait à Cnossos, dans l'île de Crète.

Il était fier de son fils, le beau et fougueux Androgée.

Un jour qu'ils se tenaient tous deux devant la mer, Minos dit :

– Tu es maintenant assez fort pour participer aux jeux d'Athènes. Va là-bas, et montre-leur ce que vaut un jeune guerrier crétois.

Les jeux avaient lieu tous les quatre ans.

Des athlètes venus des confins du monde grec s'y affrontaient.

Le grand roi Égée en personne coiffait les vainqueurs d'une couronne de laurier.

Androgée se rendit au stade athénien, où il remporta victoire sur victoire.

En couronnant le fils de Minos, Égée pensait : « Ce garçon n'a peur de rien. Ses ambitions sont immenses. Si je meurs sans héritier, il s'emparera d'Athènes et de mon royaume. »

Égée eut alors une idée pleine de ruse malveillante.

– Nous avons besoin de ta force et de ta bravoure, dit-il au jeune homme. Un taureau furieux sème la terreur et le deuil dans nos campagnes. Va et débarrasse-nous de ce fléau.

À l'âge où l'on brûle d'afficher sa valeur, Androgée courut au-devant de sa mort.

Le taureau l'encorna.

Minos, fou de douleur, accusa Égée d'assassinat et le menaça d'une guerre effroyable.

Toutefois, ajouta-t-il, le bain de sang pouvait être évité, à condition qu'on lui livre chaque année sept jeunes filles et sept jeunes hommes d'Athènes qui seraient conduits dans le Labyrinthe. Alors il s'estimerait dédommagé de la mort de son fils.

À contrecœur, Égée accepta le marché.

Minos n'avait ni son rang ni son prestige, mais il possédait une flotte et une armée puissantes qu'il était risqué d'affronter.

Quatorze enfants d'Athènes partirent donc désormais chaque année pour la Crète sur un navire à voile noire, en signe de deuil, car on ne revoyait plus quiconque entrait dans le Labyrinthe.

Le Labyrinthe.

Qu'était-ce donc que cet endroit maudit ?

Pour percer son mystère, il nous faut parler d'événements survenus quelques années plus tôt.

Minos avait convoqué en grand secret un génial architecte nommé Dédale pour lui demander de concevoir un édifice très spécial.

Ce serait une sorte de cité close, sans habitations, munie d'une seule et unique voie d'accès, et d'où il serait impossible, une fois entré, de ressortir…

Dédale avait mis tout son talent au service de cet extravagant projet.

Résultat : tout condamné poussé entre les murs de ce Labyrinthe par les soldats de Minos s'y perdait dès le premier carrefour. Mais là n'était pas le principal danger…

Soucieux de préserver son île des raz de marée, Minos avait imploré de Poséidon un signe de bienveillance.

En réponse, le dieu des Mers et des tempêtes avait fait jaillir des vagues un taureau majestueux, exigeant que la bête lui soit sacrifiée en retour.

Le taureau était si beau que Minos le garda.

Il en fit sacrifier un autre, dont le dieu, pensait-il, se contenterait.

Mais Poséidon, furieux, se vengea.

Il fit naître dans le cœur de Pasiphaé, l'épouse de Minos, une passion amoureuse pour l'animal sorti des flots.

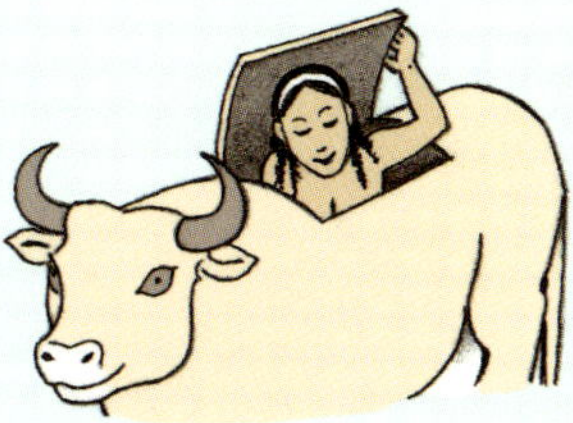

Pasiphaé fit fabriquer par Dédale une vache en résine, dans laquelle elle se glissa.

Ainsi transformée, elle fut aimée de son taureau, qui n'avait jamais vu plus jolie laitière.

Neuf mois plus tard, Pasiphaé mit au monde un fils monstrueux, mi-homme mi-taureau. Elle l'appela Astérios, mais il est plus connu sous le surnom de Minotaure.

Le Minotaure était brutal, stupide, et se nourrissait de chair humaine. C'est pour le cacher, sans tout à fait l'emprisonner, que le Labyrinthe avait été construit. On tâchait de trouver des victimes à lui jeter en pâture, tels les jeunes Athéniens livrés chaque année par Égée.

Minos dormait en paix. Il n'assassinait personne : les malheureux captifs du Labyrinthe pouvaient théoriquement en sortir et s'enfuir…

Revenons à Thésée.

À seize ans, Thésée montrait déjà une force peu commune.

Un jour, Aïthra, sa mère, le conduisit devant un gros rocher qu'elle lui demanda de soulever.

Il y parvint sans peine. Sous le rocher, se trouvait une épée. Alors Aïthra révéla à Thésée qu'il était à la fois le fils du dieu Poséidon et du roi d'Athènes. Elle ajouta :

– Va voir Égée, montre-lui cette épée, il te reconnaîtra.

Pour gagner Athènes en toute sûreté, mieux valait prendre la mer. Mais Thésée choisit le voyage à pied, long, pénible, sur des terres infestées de brigands et de monstres qui terrorisaient les populations.

– Je combattrai les brigands et les monstres. Ainsi, je prouverai ma valeur, dit-il à sa mère en prenant congé.

Il partit par les routes et les chemins. Le voyage dura plusieurs années, au cours desquelles il affronta et tua tous les bandits et les monstres rencontrés : Sciron, Procuste, Cercyon, Phaïa, la femme-laie cruelle et débauchée…

Le jeune homme leur infligeait les violences qu'ils avaient eux-mêmes fait subir à leurs victimes. Ni plus, ni moins. Œil pour œil...

Sinis, le ployeur de pins, se disloqua entre deux de ses arbres préférés...

Périphétès périt sous les coups de sa propre massue.

Peu à peu, Thésée se forgeait une réputation de héros. Partout on louait sa bravoure.

En approchant de la capitale, il traversa une région ravagée par un taureau blanc. Il terrassa la bête d'un coup de tête, front contre front.

Selon certains, l'animal n'était autre que le père du Minotaure. La créature de Poséidon devenue furieuse avait fui son enclos, semant la mort et la désolation dans l'île de Crète.

Minos l'avait alors fait capturer, puis débarquer sur le continent, scellant ainsi son propre malheur : comme on le sait, son fils bien-aimé devait mourir ici, non loin d'Athènes, tué par le taureau blanc.

Quand Thésée arriva à Athènes, le récit de ses exploits l'avait précédé.

Une foule en liesse l'attendait aux portes de la ville. Il fut conduit sous les vivats jusqu'au palais royal.

Entre-temps, Égée était tombé sous le charme de Médée, la magicienne, et il l'avait épousée.

Médée envoûtait son mari par ses sortilèges, elle l'influençait en tout. À la vue du héros porté en triomphe, elle comprit qu'elle avait à présent un rival capable de contester son pouvoir. Elle sema la haine et la suspicion dans l'esprit d'Égée…

« Tout Athènes est avec lui, médisait-elle, il vient te détrôner. »

Médée prépara en hâte une coupe de vin empoisonné.

Quand le jeune inconnu parut, elle lui tendit le breuvage mortel.

Mais avant de boire, Thésée sortit son épée du fourreau et la remit au roi. Égée reconnut l'arme qu'il avait autrefois placée sous un rocher. Il comprit qu'il avait devant lui son fils, un fils déjà couvert de gloire. La coupe touchait aux lèvres de Thésée.

Égée la lui fit tomber des mains d'un coup d'épée. Puis il se retourna plein de rage contre Médée. Elle avait disparu, on ne la revit plus.

Égée fit acclamer Thésée par le peuple du haut de son palais, et il le reconnut publiquement comme fils et successeur.

Mais la joie ne dura pas. Au port, on s'affairait autour d'un navire à voile noire. Il fallait, comme chaque année, honorer la promesse faite à Minos. Sept jeunes filles et sept jeunes hommes allaient bientôt voguer vers la Crète pour n'en plus revenir.

En vue de cette expédition, tous les Athéniens âgés de vingt ans jetteraient une plaquette d'argile gravée à leur nom dans deux urnes, l'une pour les filles, l'autre pour les garçons. On tirerait au sort celles et ceux qui partiraient.

Thésée avait vingt ans, mais Égée lui interdit de participer à cette funeste loterie. L'idée de perdre ce fils qui était entré soudain dans sa vie comme un cadeau des dieux lui était intolérable. Il passa pour un roi injuste, qui imposait aux familles d'Athènes le sinistre tribut dû à Minos, mais refusait de s'y soumettre lui-même.

Partout dans le pays, la colère gronda. Thésée convainquit son père de le laisser se porter volontaire. Sa décision apaisa les esprits, son prestige grandit encore.

– Je débarrasserai notre cité de cette odieuse servitude, déclara-t-il. Tu me reverras, père, et Athènes reverra ses enfants.

– Si tu reviens vivant de cette expédition, dit Égée, alors plus de deuil, plus de noir ! Hisse une voile blanche au mât du navire. Je l'apercevrai de loin et je donnerai le signal des réjouissances.

Bientôt le navire appareilla. Un vent favorable gonflait la voile noire.

Selon les vœux du roi, Thésée emportait une voile blanche, qu'on hisserait en cas de retour victorieux.

Une fois arrivés au port, non loin de Cnossos, les jeunes Athéniens furent escortés par des soldats crétois jusqu'en haut d'une falaise. Là, ils défilèrent devant Minos, qu'accompagnaient sa femme Pasiphaé et leurs deux filles. Phèdre, la cadette, s'ennuyait.

Ariane, l'aînée, tomba amoureuse de Thésée dès qu'elle le vit.

Son cœur prit feu, et ses yeux désignaient sans équivoque le responsable de l'incendie.

Thésée se distinguait de ses compagnons par une attitude insolente.

– Il convient d'adopter un maintien plus modeste en présence d'un roi qui est aussi le fils de Zeus, dit Minos qui comptait en effet parmi les nombreux enfants que Zeus, le plus grand dieu de l'Olympe, avait eus de jeunes mortelles.

– Sache que moi aussi je serai roi un jour, rétorqua Thésée, et que je suis fils de Poséidon.

Minos se tourna vers le ciel :

– Ô Zeus ! déclama-t-il, fais-moi signe !

Un éclair déchira le ciel, le tonnerre gronda.

– Je ne doutais pas de tes origines divines, ironisa Thésée, mais il semble que tu ne croies pas aux miennes. Mets-les donc à l'épreuve !

Minos ôta un anneau de son doigt et dit en le jetant à la mer :

– Rapporte !

Ariane lança un regard chargé de haine à son père.

Aucun Crétois n'avait jamais atteint le fond des eaux qui miroitaient à cet endroit du golfe.

Thésée se dévêtit et plongea.

Son plongeon entraîna Thésée dans des profondeurs inexplorées.

Deux dauphins le conduisirent jusqu'à la demeure de Poséidon, où les Néréides, merveilleuses nymphes aquatiques, s'ébattaient.

Amphitrite, l'épouse du dieu des Mers, vint en personne remettre au héros l'anneau et la couronne de roses qu'elle portait le jour de ses noces.

Quand tous le croyaient mort, Thésée surgit des flots brandissant non pas seulement l'anneau du seigneur de Cnossos, mais surtout la couronne légendaire d'Amphitrite.

Minos dut ravaler son dépit et applaudir l'exploit.

« Qu'importe ! pensait-il, cet insolent mourra demain dans le Labyrinthe. »

On se rendit du port à Cnossos.

Là, Thésée et ses compagnons furent conduits dans une villa plaisante, confortable, mais bien gardée.

De son côté, Ariane alla trouver Dédale. « L'architecte du Labyrinthe doit bien savoir le moyen d'en sortir », se disait-elle à juste titre ; et, habilement, elle se fit confier la précieuse information.

De là, elle se rendit à la villa où dormaient les Athéniens et réussit à s'introduire auprès de Thésée.

Doucement, elle le réveilla, et lui apprit comment il retrouverait son chemin dans cette cité-piège : tout simplement grâce à un fil, qu'il déroulerait tout au long de son parcours et qui le guiderait à son retour.

D'abord méfiant, Thésée se demanda pourquoi la fille de Minos voulait l'aider.

Puis il lut dans ses yeux qu'elle l'aimait d'un amour farouche.

– Très bien, lui dit-il, donne-moi ce fil.

– Je te le donnerai demain, répliqua Ariane, si tu promets de m'épouser après que tu auras vaincu le Minotaure.

Thésée promit.

Un officier de l'armée de Minos réveilla les prisonniers avant l'aurore. Un copieux repas leur fut servi. Ils firent leurs ablutions et se mirent en route, escortés de l'officier et de quarante soldats.

La petite troupe sortit de Cnossos comme le soleil se levait. Ils cheminèrent parmi les chênes, les oliviers et les eucalyptus d'une vallée luxuriante. Peu à peu, arbres et bosquets s'espacèrent.

Après deux heures de marche, Thésée aperçut au loin des fortifications massives, dressées au milieu d'une plaine aride.

Ariane se tenait à l'entrée du Labyrinthe. Quand Thésée la frôla, elle lui remit discrètement une grosse pelote de fil.

Les soldats qui avaient accompagné les prisonniers étaient restés à quelque distance. Ils ne s'aperçurent de rien.

Dans les murs, outre la ration périodique de jeunes Athéniens sacrifiés, avaient été jetés au fil des ans des prisonniers de guerre, des assassins, des traîtres, des insoumis.

D'autres, comme le faisait Thésée ce jour-là, étaient entrés ici de leur plein gré, pour essayer de vaincre le monstre et se couvrir de gloire.

Nul n'y était jamais parvenu.

Thésée et ses compagnons marchent dans les méandres du Labyrinthe. Ils sont fatigués.

Thésée déroule son fil. Il se perd, ne cesse de repasser par des lieux d'où il pensait s'être éloigné.

Partout des murs
qui oppressent.

Une menace de chaque
instant plane sur
cette cité morte.

Un petit passage intrigue Thésée et l'attire.
Il a sa pelote… mais il reste peu de fil.
Quelques mètres. Il ne pourra plus aller bien loin.

Soudain, il voit le Minotaure.

L'homme-taureau est au bain.
Il semble assoupi.
Thésée ôte ses vêtements.

Il veut être libre
de ses mouvements
pour combattre
le monstre.

Le combat a pris fin.
Le Minotaure est mort.

Épuisé, Thésée rejoint ses compagnons.

Une jeune fille panse ses blessures.
Il s'endort.

Comme chaque soir, Ariane sort par la fenêtre de sa chambre, et court jusqu'à l'entrée du Labyrinthe. Elle supplie les dieux de hâter le retour de Thésée. Elle sait que s'il vainc le Minotaure, il attendra la nuit noire pour sortir de la cité d'où nul encore n'est revenu.

Le voilà enfin, soutenu par deux camarades.

Sans un mot, le groupe se hâte de gagner le port de Cnossos.

On assomme quelques gardes. Le navire athénien est encore là. Le capitaine avait prétexté une avarie à réparer pour rester à quai. Il hisse la voile et prend le large.

Pendant la traversée, la tendre Ariane cajole Thésée. Mais il se dérobe aux caresses, devient distant. En promettant le mariage à celle qui venait à son secours, le héros n'avait pas examiné de près ses sentiments. Or il n'est pas amoureux de la fille aînée de Minos. Ariane, de son côté, n'a-t-elle pas exercé un chantage : je te sauve si tu m'épouses ?

L'île de Naxos est en vue.

Thésée décide de faire escale dans une crique accueillante.

Tellement accueillante qu'Ariane s'allonge sur le sable tiède et s'endort. À son réveil, elle est seule. Plus de navire, plus personne.

Voici l'aurore.

De la côte grecque, une sentinelle aperçoit le navire. Elle court avertir le roi. Égée se fait conduire en hâte sur la falaise. Ses yeux de vieil homme ne voient d'abord qu'une tache sur l'horizon.

Peu à peu, la silhouette du vaisseau se précise. La voile ? Noire !

Thésée est donc mort !

Égée hurle de douleur, se jette dans les flots et disparaît dans la mer qui porte aujourd'hui son nom.

Ivre de gloire, Thésée approche d'Athènes. Dans son esprit enfiévré, le visage de sa mère se mêle aux scènes de victoire. Il aimerait tant qu'elle assiste à son triomphe. Il n'a pas pensé un instant à remplacer la voile noire par une voile blanche, comme il avait promis de le faire s'il revenait sauf de l'expédition crétoise.

Au port, on pleure le vieux roi. La nouvelle de sa fin anéantit Thésée. Le peuple, lui, oublie tout chagrin à la vue des jeunes Athéniens rescapés débarquant du navire. C'est un jour étrange, en équilibre entre deuil et joie.

Thésée médite. S'il a prouvé sa valeur guerrière et son courage, il n'a pas brillé par la sagesse. Il décide de changer. Son exploit le plus grand, se promet-il, celui qui restera dans les mémoires, sera de devenir un roi posé, humble et juste.

Et Ariane, professeur ?
Rassure-toi... Elle fut vite consolée par Dionysos, le dieu de la Vigne. Il n'avait pas les muscles de Thésée, mais il était doux, sensible et drôle. Il sut plaire à Ariane et la rendit heureuse.
Et Thésée, que devint-il ?

Thésée fut un excellent roi, mais contrairement à son vœu, ce furent les exploits d'avant son règne qui restèrent célèbres. Pourtant, il fit de grandes réformes et donna le pouvoir au peuple, avec un gouvernement de simples citoyens élus qui votaient les lois. Il fut en somme l'inventeur de la démocratie, ce système politique encore en usage de nos jours. Le meilleur, paraît-il, de tous ceux que les hommes ont essayés.

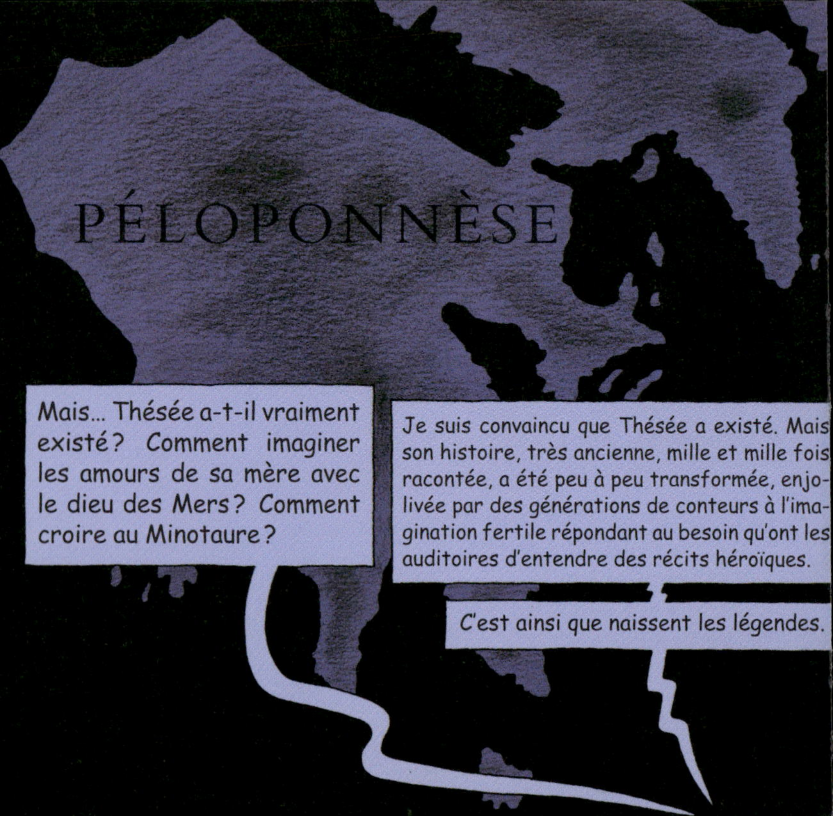
PÉLOPONNÈSE
Mais… Thésée a-t-il vraiment existé ? Comment imaginer les amours de sa mère avec le dieu des Mers ? Comment croire au Minotaure ?
Je suis convaincu que Thésée a existé. Mais son histoire, très ancienne, mille et mille fois racontée, a été peu à peu transformée, enjolivée par des générations de conteurs à l'imagination fertile répondant au besoin qu'ont les auditoires d'entendre des récits héroïques.
C'est ainsi que naissent les légendes.

CRÈTE

Index des noms cités

ARIANE : Sœur d'Androgée, elle tombe amoureuse du beau Thésée dès qu'elle le voit. Elle l'aidera à retrouver son chemin dans le Labyrinthe, réalisant ainsi l'oracle selon lequel le héros réussirait « s'il était guidé par l'amour » (pages 11, 32, 36, 38, 49).

ASTÉRIOS : C'est le vrai nom du Minotaure (page 21).

ATHÈNES : L'une des villes les plus célèbres du monde, centre de la civilisation hellénistique et « berceau de la démocratie ». Aujourd'hui, capitale de la Grèce. Aux temps légendaires, son roi Thésée combattait les Crétois (pages 10, 12, 22-30, 48, 51).

CERCYON : Brigand qui tuait les voyageurs en les défiant à la lutte (page 24).

CNOSSOS, ou CNOSSE : Capitale de l'ancienne Crète. C'est dans ses environs que le roi Minos a fait édifier son Labyrinthe, conçu pour que ceux qui y entrent n'en ressortent jamais (pages 16, 32, 35, 48).

Ariane

CRÈTE : Île de la Méditerranée orientale et ancienne métropole hellénique, rivale héréditaire d'Athènes (pages 16, 27).

DÉDALE : C'est à lui que le roi Minos a commandé son Labyrinthe, que nous pouvons nommer aujourd'hui un « dédale » (lieu où l'on a toute chance de se perdre). L'architecte Dédale y sera lui-même à son tour enfermé avec son fils Icare mais s'en échappera par la voie aérienne en se fabriquant des ailes : moyen qui ne réussira pas à Icare, victime d'une chute mortelle (pages 19, 36).

Labyrinthe

DIONYSOS : C'est le dieu du Vin, des extases et des mystères. Avec lui on ne s'ennuie pas. Il consolera Ariane de l'ingratitude du beau Thésée (page 52).

ÉGÉE : Roi mythique d'Athènes. Il sera victime de son amour paternel et de l'étourderie de son fils Thésée, qui omet de hisser la voile blanche annonciatrice d'un retour victorieux. Désespéré, Égée se jette dans la mer qui aujourd'hui porte son nom (pages 11-18, 28-31, 50).

LABYRINTHE : Enclos de pierre édifié par Dédale pour y enfermer le Minotaure, dangereux monstre anthropophage né des amours contre nature de Pasiphaé, l'épouse infidèle du roi Minos, avec un taureau (pages 11, 18-19, 35, 36, 38-42, 48).

MÉDÉE : Magicienne et aventurière qui épouse sur le tard le vieil Égée, roi d'Athènes, et lui donne un fils, Médos. Marâtre jalouse du fils aîné Thésée, elle cherche à empoisonner celui-ci dès qu'il se présente à Athènes (pages 28-29).

MINOS : Roi légendaire de Cnossos, en Crète. Inconsolable de la perte de son fils Androgée, tué à Athènes, il menace les Athéniens et leur impose un tribut régulier de jeunes gens de bonne famille qu'il livre en pâture au Minotaure (pages 11, 15-22, 27, 32-33, 35-37).

MINOTAURE : Créature à corps d'homme et tête de taureau enfantée par Pasiphaé, épouse de Minos. Celui-ci, honteux, a fait enfermer ce monstre dans le Labyrinthe édifié à cet effet, et le nourrit de chair humaine (pages 10, 11, 21-22, 36, 42-47, 54).

NAXOS : C'est l'île de l'ingratitude : Thésée y fait escale au retour de son expédition victorieuse contre le Minotaure et y abandonne son amoureuse Ariane, à qui pourtant il avait promis le mariage en échange de son aide (page 49, 52).

NÉRÉIDES : Nymphes aquatiques, filles de Nérée, lui-même fils de l'Océan. Elles sont charmantes et se déplacent volontiers à cheval sur un dauphin ou un triton (page 34).

OLYMPE : Citadelle fabuleuse perchée au plus haut des cieux et qui abrite le palais de Zeus, roi des dieux et maître des éléments (pages 12, 32).

PASIPHAÉ : Épouse de Minos et mère d'Androgée, d'Ariane et de Phèdre. Femme adultère, elle n'hésite pas à se déguiser en génisse pour s'accoupler avec un taureau (pages 20-21, 32).

PÉRIPHÉTÈS : Géant qui sévit en Grèce aux environs d'Épidaure, tuant les passants à coups de massue. Thésée lui arrache son arme et la retourne contre lui (page 26).

Minotaure

PHAÏA : Femme sanguinaire et débauchée à l'apparence de laie. Thésée la tue dans les bois où elle assassinait les voyageurs après avoir abusé d'eux (page 24).

PHÈDRE : Fille de Minos et de Pasiphaé, elle réussira là où sa sœur Ariane a échoué : elle épousera Thésée. Mais elle se prendra bientôt de passion charnelle pour le fils que celui-ci a eu de ses premières noces avec la reine des Amazones, le

Trière

jeune et chaste Hippolyte. D'où de terribles drames (page 32).

POSÉIDON : Dieu des Mers et de l'élément liquide en général. Il est aussi le frère de Zeus, et l'époux de la Néréide Amphitrite (pages 12, 14, 19, 20, 23, 32, 34).

PROCUSTE : Ce maniaque ajustait ses victimes à la taille de son lit. Il les étirait si elles se révélaient trop petites ou leur coupait les pieds quand ceux-ci dépassaient. Thésée lui fait subir le même supplice. L'expression « un lit de Procuste » désigne aujourd'hui une contrainte excessive (page 24).

SCIRON : Brigand tué par Thésée aux environs de Corinthe. Il donnait les voyageurs à manger aux tortues dont lui-même se nourrissait (page 24).

SINIS : Brigand qui tuait les voyageurs en les disloquant : il les écartelait entre deux pins ployés qu'il libérait brusquement (page 25).

TRÉZÈNE : Ville de l'ancienne Grèce, dépendante d'Athènes. Aïthra y a conçu Thésée. Plus tard, celui-ci y fera élever son propre fils, Hippolyte (pages 12, 14).

TRIÈRE : Vaisseau de guerre de l'Antiquité grecque, à trois rangs superposés de rameurs (pages 7, 10, 18, 27, 30-31, 48-50).

ZEUS : Maître des dieux, il séjourne sur l'Olympe, la Foudre dans la main droite, la Victoire dans la main gauche (pages 32-33).

Thésée

Du même auteur à *l'école des loisirs*

Œdipe
l'enfant trouvé

Orphée
et la morsure du serpent

Ulysse
aux mille ruses